CATALOGUE

DE

LIVRES ILLUSTRÉS

DES XVIIIe ET XIXe SIÈCLES

RECUEILS DE COSTUMES

PARIS
LIBRAIRIE HENRI LECLERC
219, RUE SAINT-HONORÉ, 219
ET 16, RUE D'ALGER

1903

CATALOGUE

DE

LIVRES ILLUSTRÉS

LA VENTE AURA LIEU

Le Jeudi 19 Novembre 1903

A 2 HEURES PRÉCISES DU SOIR

HOTEL DES COMMISSAIRES-PRISEURS

9, *Rue Drouot*, 9

Salle n° 7

Par le ministère de Me Maurice DELESTRE, commissaire-priseur

5, *rue Saint-Georges*, 5

Assisté de M. Henri LECLERC, libraire

219, *rue Saint-Honoré*, 219

et 16, *rue d'Alger*.

CONDITIONS DE LA VENTE

La vente se fait au comptant.

Les acquéreurs paieront 10 pour 100, en sus du prix d'adjudication.

Les livres vendus devront être collationnés sur place dans les vingt-quatre heures de l'adjudication. Passé ce délai, ils ne seront repris pour aucune cause.

M. Leclerc, se réserve la faculté, dans l'intérêt de la vente, de réunir ou de diviser les numéros du catalogue. Il remplira les commissions qu'on voudra bien lui confier.

CATALOGUE

DE

LIVRES ILLUSTRÉS

LIVRES ILLUSTRÉS DES XVIIe ET XVIIIe SIÈCLES

1. ALMANACH. La Fête des bonnes gens ou les mœurs champêtres. *Paris, Boulanger*, 1787, in-32, mar. rouge, fil., milieu dor., glace à l'intérieur, tr. dor. (*Rel. anc.*).

Joli almanach, entièrement gravé, orné d'un titre de *Queverdo* et de 12 jolies figures non signées.

2. ALMANACH. Le Réveil favorable au berger. *Paris, Esnauts et Rapilly* (1792), in-32, mar. vert, dent. (*Rel. anc.*).

Ce petit almanach, orné d'un titre gravé et de 8 figures, a été placé dans une reliure aux armes de Louis XVIII.

3. ALMANACH. Le Tableau de Paris, étrennes aux beautés parisiennes. *S. l. n. d.* (*Paris, vers* 1785), in-32, mar. rouge, dent., milieu orné d'un vase de fleurs (*Rel. anc.*).

Petit almanach, entièrement gravé, orné d'un titre et de 12 jolies figures plus ou moins légères. Elles ont été gouachées avec soin.

4. ALMANACHS ILLUSTRÉS publiés par Desnos. 3 vol. in-24, mar. rouge, fil. (*Rel. anc. fatiguées*).

L'Amour en bonnes fortunes, *s. d.*, frontispice en couleurs et 11 jolies figures. — Les Saillies de Momus, seconde partie des plus courtes folies, sont les meilleures, 1783, frontispice et 12 jolies figures. — Anacréon en belle humeur ou les loisirs d'Aglaé, 1784, frontispice et 11 figures dont une *Apothéose* renferme le portrait de Marie-Antoinette dans un petit médaillon.

5. ALMANACHS ILLUSTRÉS publiés par Janet. 3 vol. in-24, mar. rouge, fil. (*Rel. anc. fatiguées*).

L'Hortensia, almanach chantant, 1810 ; titre gravé et 10 figures. — Le petit Conteur, amusant et chantant. Etrennes d'un nouveau genre, 1801, titre gravé et 11 figures. — Les Soirées de Célie, ou recueil de chansons en vaudevilles et ariettes, orné de jolies gravures, 1792, titre gravé et 12 jolies figures.

6. ANACRÉON, Sapho, Bion et Moschus. Traduction nouvelle en prose, suivie de la Veillée des Fêtes de Vénus et d'un choix de pièces de différents auteurs, par M. M*** (Moutonnet) C** (de Clairfond). *Paphos, et se trouve à Paris, chez Bastien*, 1773, in-8, frontisp., 12 vignettes et 13 culs-de-lampe par Eisen, veau écaille, fil., tr. dor. (*Rel. anc.*).

Exemplaire de premier tirage contenant *Hero et Léandre* et les *Idylles de Théocrite*, avec un frontispice d'*Eisen*.

7. BERQUIN. Idylles. *Paris, Ruault*, 1775, 2 parties en 1 vol. in-12, veau vert, fil., tr. marb.

1 frontispice et 24 jolies figures de *Marillier* dont les 12 dernières sont AVANT les numéros.

8. BOCCACE (Jean). Le Décameron (traduit par Le Maçon). *Londres* (*Paris*), 1757-1761, 5 vol. in-8, fig. et culs-de-lampe de Gravelot, Boucher, Cochin et Eisen, veau écaille, fil., tr. dor. (*Rel. anc.*).

9. BOCCACE. Il Decamerone di Giovanni Boccaccio. *Londra*, 1768, *Si trova in Parigi appresso Marcello Prault*. 3 vol. pet. in-12, titres et fig., veau écaille, fil., tr. marb. (*Rel. anc.*).

Edition ornée de 113 planches (89 de Gravelot, 3 de Moreau, 6 de Cochin ; 5 de Boucher et 10 d'Eisen).

10. COLLECTION complète des Tableaux historiques de la Révolution (texte par l'abbé Fauchet, Champfort, Ginguenée et Pagès). *Paris, de l'Imprimerie de Pierre Didot l'aîné*, an V (1798), pour les 2 premiers volumes. *Paris, Auber*, an XIII (1804), pour le 3ᵉ vo-

lume, 3 vol. in-fol., papier vélin, veau jaspé, large dent. sur les plats, tr. dor. (*Anc. rel.*).

Bel exemplaire de PREMIER TIRAGE orné de 3 frontispices, 153 planches gravées par *Duplessi-Berteaux*, *Fragonard*, *Girardet*, *Meunier*, *Ozanne*, *Prieur*, *Delvaux* et 80 portraits (dont 18 sont répartis dans les deux premiers volumes et les 62 autres forment le 3e volume) exécutés à la manière du lavis, dûs pour la plupart à *Levachez*, avec des scènes historiques au bas de chaque portrait en forme de bas-relief par *Duplessi-Berteaux*.

Les tableaux 50 et 131 accompagnés des planches sont transposés. Le titre imprimé du tome 2me manque.

11. CORNEILLE (P.) Théâtre, avec des commentaires et autres morceaux interessans (par Voltaire). *Genève* (*Berlin*), 1774, 8 vol. in-4, fig., veau marb., tr. marb. (*Anc. rel.*).

33 figures de *Gravelot*, tirées dans des encadrements.

12. DAVID (J.) Duodecim specula Deum aliquando videre desideranti concinnata. Auctore P. Joanne David. *Antverpiae, delineabat et excudebat Theodorus Gallaeus*, 1610. Titre gravé et 12 pl. — Typus occasionis in quo receptae commoda neglectae vero incommoda, personnato schemate proponuntur. *Ibid., id.*, 1603, titre et 12 pl. — 7 pl. de Th. Galle: Donum timoris Domini; Donum pietatis; Donum scientiae, etc. — Titre et 7 pl. d'Ant. Wierx grav. par J. Collaert: Salve Regina; Victrix; Patrona; Domina; Advocata; etc. — Infantia domini nostri Jesu Christi, Hieronymus Wierx inventor, titre et 9 pl. (la 7e manque). — En 1 vol. pet. in-4, veau brun.

Recueil des planches seules des ouvrages décrits ci-dessus.

13. DESCRIPTION des festes données par la ville de Paris, à l'occasion du mariage de Madame Louise Élisabeth de France et de Dom Philippe, Infant et grand-amiral d'Espagne, les vingt-neuvième et trentième Août mil sept cent trente neuf. *Paris, Impr. de P. G. Le Mercier*, 1740, gr. in-fol., pl., mar. rouge, dos et dent. fleurdelisés, tr. dor. (*Anc. rel. aux armes de la ville de Paris*).

Ouvrage orné de 13 planches dont 8 doubles, dessinées et gravées par *Blondel*; 22 pages de texte.

La reliure est fatiguée.

14. DESMARAIS. Jérémie, poëme en quatre chants, avec sa prière et sa lettre aux captifs prêts à partir pour Babylone, dédié à Madame. *Paris, Desprez*, 1771, in-8, mar. brun, fil., dos orné, tr. dor. (*Chambolle-Duru*),

Frontispice et 6 figures de *Leclerc*, gravés par *Delvaux*, *Macret*, *Miger*, *Pépin* et *Saillard*; elles sont AVANT la lettre.

15. DORAT. Fables nouvelles, *La Haye et Paris*, 1773, 2 vol. pet. in-8, frontisp. et vignettes de Marillier, veau écaille, fil., tr. dor.

16. DULAURENS. La Chandelle d'Arras, poëme en XVIII chants. Nouvelle édition. *Paris*, 1807, in-8, dos et coins de veau fauve (*Rel. anc.*).

Exemplaire imprimé sur PAPIER VÉLIN; frontispice et 18 figures de *Desrais*.

17. DUNKER, graveur. Esquisses pour les artistes et amateurs des arts sur Paris. Nonante et six figures gravées à l'eau-forte, dont l'explication se trouve dans le *Tableau de Paris*, de Mercier. *S. l.* (Yverdon, 1785), pet. in-fol. oblong, demi-rel. mar. rouge, ébarbé.

Tirage très rare, à deux figures sur la même feuille; à toutes marges.

Ce recueil renferme 92 figures.

18. ÉTRENNES FRANÇOISES pour l'année 1772, comprenant les monumens mémorables et récents érigés dans la Capitale, pendant le règne de Louis XV. *Paris, Desnos*, 1772, gr. in-8, cartonné.

Titre gravé, portraits de Louis XVI et de Marie-Antoinette, six médaillons allégoriques pour le mariage de Louis XVI, gravés par *Chenu*, 1 frontispice et 5 médaillons de *G. de Saint-Aubin*, gravés par *Chenu*.

Calendrier, en deux feuilles, orné de 12 petites vignettes.

19. FÉNELON. Les Aventures de Télémaque *Paris, Imprimerie de Didot l'aîné*, 1796, 4 vol in-18, mar. rouge à longs grains, dent., doublés de tabis bleu, tr. dor. (*Rel. anc.*).

Joli exemplaire imprimé sur PAPIER VÉLIN, contenant le portrait de Fénelon et les 24 figures de *Marillier* en deux états : AVANT la lettre et EAUX-FORTES.

20. FLORIAN. Œuvres. *Paris, Ant. Aug. Renouard (Adr. Egron, Imprimeur)*, 1820, 16 tomes en 12 vol. in-12, fig., demi-rel. mar. vert à longs grains.

Édition ainsi composée : Fables, 1 vol. — Mélanges de poésies et de littérature, 1 vol. — Théâtre, 2 vol. — Numa Pompilius, 1 vol. — Gonzalve de Cordoue, 2 vol. — Traduction de Don Quichotte, 4 tomes en 2 vol. — Galatée ; Estelle, 2 ouvr. en 1 vol. — Mémoires d'un jeune espagnol ; Guillaume Tell, 2 ouvr. en 1 vol. — Nouvelles, 1 vol.

Exemplaire imprimé sur GRAND PAPIER VÉLIN, non rogné, contenant la suite des figures de *Desenne, Coupé, Roger, Johannot* et *Moreau*, en deux états, EAUX-FORTES et AVANT LETTRE sur *chine*, quelques planches en divers états.

On y a ajouté : 1° La suite de *Lefebvre* et *Le Barbier* AVANT LA LETTRE pour le *Don Quichotte*.

2° 63 figures de *Quéverdo* avec la lettre et 34 EAUX-FORTES de la même suite.

3° La suite de *Flouest* pour *Galatée*.

4° La suite de *Flouest* pour *Estelle*.

5° Différents portraits de *Florian, Cervantès, Voltaire*, etc.

6° La suite de *Marillier* et *Monnet*.

7° Différentes gravures à l'état d'EAUX-FORTES et AVANT LA LETTRE.

8° La suite de 6 figures de *Vignaud*.

Exemplaire renfermant environ 400 figures en différents états.

21. FOND DU SAC (Le), ou restant des babioles de M. X*** (par Nogaret). *Venise, chez Pantalon Phebus (Paris, Cazin)* 1780, 2 vol. in-18, front. et vignettes à mi-page, demi-rel. toile.

22. GESSNER. Suite d'un portrait, de trois titres gravés et de 14 figures de Marillier pour les *Œuvres de Gessner*, édition Cazin 1778, 3 vol. in-18. En 1 vol. gr. in-8, demi-rel. toile rouge.

Très belles épreuves, la plupart à toutes marges, AVANT la lettre et avec la lettre à la pointe.

23. GIRARD. Nouveau traité de la Perfection sur le fait des Armes. Dédié au Roy par Sr P. J. Girard, enseignant la manière de combattre, de la pointe toute seule, toutes les gardes étrangères, etc. *A Paris, chez Motte, la Vve Jouvenel*, 1736, in-fol. obl. avec 116 planches gravées, veau brun.

Bon exemplaire, bien complet, d'un volume recherché.

24. GRACES (Les) (par Meusnier de Querlon). *Paris, Prault,* 1769, in-8, titre de Moreau, 1 frontisp. de Boucher et 5 figures de Moreau, en feuilles.

Bel exemplaire entièrement non rogné. Le frontispice de *Boucher* est plus court.

25. GRÉCOURT. Œuvres complètes de Grécourt, enrichies de gravures ; nouvelle édition soigneusement corrigée, et augmentée d'un grand nombre de pièces qui n'avaient jamais été imprimées. *Paris, Impr. de Chaignieau aîné, l'an V* (1796), 4 vol. in-8, fig., veau brun, dent. à froid, fil. or et noirs, tr. dor. (*Simier, Relieur du Roi*).

Bel exemplaire imprimé sur PAPIER VÉLIN, orné d'un portrait de Crébillon et de 8 figures de *Fragonard* gravés par *Dambrun, Dupréel, Pauquet, Lingée.*

Épreuves AVANT LA LETTRE.

26. GRESSET. Œuvres choisies. *Paris, Stéréotypie d'Herhan,* 1802, in-12, mar. violet à longs grains, encadrem. de 5 filets, avec fleuron aux angles, tr. dor. (*Thouvenin*).

Bel exemplaire imprimé sur PAPIER VÉLIN, contenant le portrait de Gresset, gravé par *A. de Saint-Aubin* et les 6 figures de *Moreau.*

27. HANCARVILLE (d'). Monumens de la vie privée des douze Césars. Monumens du culte secret des dames romaines. *A Rome, de l'Imprimerie du Vatican,* 1790, 2 part, en 1 vol. in-8, figures, dos et coins chag. citron.

Le premier ouvrage est incomplet du frontispice et du titre.

28. HISTOIRE SACRÉE DE L'ANCIEN TESTAMENT (et du nouveau testament) représentée par figures, avec des explications tirées des SS. Pères, par A. J. D. Bassinet. *Paris, Desray,* 1804-1806, 8 vol. in-8, dos et coins de mar. rouge, fil., tr. dor.

515 planches gravées par *Voysard*, 8 frontispices, cartes, etc.

Piqûres et petites taches.

29. JOUJOU DES DEMOISELLES (Le). Avec de nouvelles gravures. *S. l. n. d.* (*Paris,* 1752),

in-8, entièrement gravé, veau écaille, filets (*Rel. fatiguée*).

Cette édition renferme 1 titre gravé et 1 frontispice par *Eisen* et 55 vignettes.

30. LA BORDE (De). Choix de chansons, mises en musique. *Paris, de Lormel*, 1773, gr. in-8, dérelié.

Tome premier, NON ROGNÉ, orné de 25 figures de *Moreau*.
6 de ces figures sont plus courtes de marges, ce sont celles des pages 30, 36, 65, 102, 114 et 126.

31. LA FONTAINE. Les Amours de Psyché et de Cupidon, avec le poëme d'Adonis. Édition ornée de figures dessinées par Moreau le Jeune et gravées sous sa direction. *Paris, de l'Imprimerie de Didot le Jeune, an troisième*, in-4, papier vélin, dos et coins de mar. brun, tête dor., non rogné.

Portrait, 8 figures de *Moreau*.

32. LA FONTAINE. Contes et nouvelles en vers. *A Amsterdam* (*Paris, David*), 1745, 2 vol. pet. in-8, frontisp. et vignettes, veau marb., tr. marb.

Édition ornée de vignettes à mi-page, gravées d'après les dessins de *Cochin*.

33. LA FONTAINE. Contes et nouvelles en vers. *Amsterdam* (*Paris, Barbou*), 1762, 2 vol. pet. in-8, 2 portraits, fig. et culs-de-lampe, mar. rouge, fil., tr. dor. (*Rel. anc.*).

Édition dite des Fermiers généraux, ornée des figures d'*Eisen* et des culs-de-lampe de *Choffard*. La figure du *Diable de Papefiguière* est en deux états : couverte et découverte ; et on a ajouté l'épreuve refusée pour le *Tableau*. Le portrait de Choffard est *avant les tailles*. Petites taches, mouillures et tranches des deux volumes redorées.

34. LA FONTAINE. Contes et Nouvelles en vers. *Amsterdam* (*Paris, Barbou*), 1762, 2 vol. in-8, fig. d'Eisen, vignettes et portraits, culs-de-lampe de Choffard, veau écaille, fil., tr. dor. (*Rel. anc*).

Édition des Fermiers généraux ; le portrait de Choffard est *avant les tailles*.

35. LA FONTAINE. Contes et Nouvelles en vers.

Paris, Chevalier, 1792, 2 vol. in-8, brochés, non rognés.

Cette édition renferme les figures d'*Eisen* et les fleurons de *Choffard* de l'édition des fermiers généraux.
On a ajouté à cet exemplaire 7 planches refusées.

36. LA FONTAINE. Contes et Nouvelles en vers. *Londres, s. d.,* 2 vol. pet, in-12, portrait et 86 fig. frontisp., mar. rouge, fil., tr. dor. (*Rel. anc.*).

Cette édition renferme 86 figures gravées par *Martinet*; d'après celles de l'édition des Fermiers généraux.

37. LA FONTAINE. Fables choisies, mises en vers. *Paris, Desaint et Saillant,* 1755-1759, 4 tomes en 2 vol. in-fol., fig. d'Oudry, mar. rouge, fil., tr. dor. (*Rel. anc.*).

Exemplaire de PREMIER TIRAGE, très beau d'épreuves, remis dans une reliure très fraîche aux armes royales.

38. LA FONTAINE. Fables causides de La Fontaine en bers gascouns. *A Bayonne, de l'Imprimerie de Paul Fauvet-Duhard,* 1776, in-8, broché, non rogné.

Frontispice et titre gravé, dessinés par *Moreau* et gravés par *Le Mire*.

39. LA FONTAINE. Suite de figures pour les Fables, dessinées par Vivier, Pr peintre de S. A. S. Mgr le duc de Bourbon, pet. in-4, demi-rel. toile.

Frontispices et 148 figures (sur 275), gravés par *Simon* et *Coiny*. Elles sont AVANT les numéros et à toutes marges.

40. LAUJON. Les A-propos de Société ou chansons de M. L... (et les A-propos de la folie). *S. l.,* (*Paris*), 1776, 3 vol. in-8, cartonnés, non rognés.

3 frontispices, 3 figures, vignettes et culs-de-lampe de *Moreau*.

41. MARGUERITE, de Navarre. Les Nouvelles de Marguerite, reine de Navarre. *Berne, chez la nouvelle Société typographique,* 1780-1781, 3 vol. pet. in-8, fig., vignettes et culs-de-lampe de Freudeberg, veau marb., fil., tr. dor. (*Rel. anc.*).

Bel exemplaire contenant le frontispice répété aux trois volumes.

42. MARILLIER. Frontispice gravé par Ponce et

24 figures de Marillier, gravées par Dambrun, Delignon, De Gendt, De Launay, Lingée, Patas, Ponce et Trière, pour l'*Iliade*, d'Homère, traduction de Gin. *Paris*, 1786, en 1 vol. in-4, demi-rel., toile.

Très belles épreuves AVANT la lettre, avec cadres.

43. **MONTESQUIEU**. Le Temple de Gnide. Nouvelle édition avec figures gravées par Le Mire, d'après les dessins de Ch. Eisen. Le texte gravé par Droüet. *Paris, Le Mire*, 1772, gr. in-8, veau fauve, fil., tr. dor. (*Rel. anc.*).

Bel exemplaire.

44. **MONTESQUIEU**. Le Temple de Gnide, suivi d'Arsace et Isménie. *Paris, de l'Imp. de P. Didot l'aîné*, 1796, in-18, mar. rouge, fil., dos orné, tête dor., non rogné (*Thomas*).

Exemplaire imprimé sur papier vélin ; 12 figures de *Regnauld* et *Le Barbier*.

45. **NOUVEAUX CONTES** à rire et avantures plaisantes ou récréations françoises. Vingtième édition. *Cologne*, 1722, 2 vol. pet. in-8, frontisp. et fig. à mi-page, mar. rouge, fil., tr. dor. (*Duru*).

46. **PARIS**. Vues pittoresques des principaux édifices de Paris. *Paris, Esnaut et Rapilly, s. d.*, en feuilles.

42 planches rondes in-4, gravées en couleurs par *Janinet* d'après les dessins de *Durand* ; elles sont de grandeurs différentes.

47. **PARIS**. Vues pittoresques des principaux édifices de Paris. *A Paris, chez les Campion frères et fils, s. d.* (*vers* 1789), en feuilles.

76 planches in-4 (sur 110) de cette jolie suite de vues de forme ronde, gravée en couleurs par *Le Campion*, *Guyot*, *Roger*, *M*[lle] *Guyot*, d'après les dessins de *Tessard* et *Sergent*. On y a ajouté 2 planches doubles (n°s 32 et 44) avec différences, et 1 planche avant la lettre. Toutes ces planches ont plus ou moins de marge, plusieurs sont non rognées.

48. **REPRÉSENTATION** des fêtes données par la ville de Strasbourg pour la convalescence du roi ; à l'arrivée et pendant le séjour de Sa Majesté en cette ville, in-

venté, dessiné et dirigé par J. M. Weiss, graveur de la ville de Strasbourg. *Imprimé par Laurent Aubert à Paris, s. d.* (1745), gr. in-fol., planches, veau marb., dent. fleurdelisée (*Anc. rel. aux armes royales et avec les armes de Strasbourg aux angles des plats*).

Titre gravé par *Marvie*, portrait de Louis XV gravé par *Wille* d'après *Parrocel*; 11 planches doubles gravées par *Weiss* et *Le Bas* d'après *Weiss*, et 10 feuillets de texte gravés avec encadrements différents.

Reliure fatiguée.

49. RESTIF DE LA BRETONNE. La Découverte australe, par un homme volant, ou le Dédale français. Nouvelle très philosophique. *Leipsick et Paris, s. d.*; 4 parties en 2 vol. in-12, veau marb. (*Rel. anc.*).

Un des ouvrages les plus rares de Restif de la Bretonne, orné de 4 frontispices et de 19 figures.

Cet exemplaire renferme les pages 337 à 422 du tome deuxième, qui manquent à beaucoup d'exemplaires.

50. RESTIF DE LA BRETONNE. Le Quadragenaire ou l'âge de renoncer aux passions, histoire utile à plus d'un lecteur. *Genève et Paris*, 1777, 2 part. en 1 vol. in-12, demi-rel. veau, tr. rouges (*Rel. anc.*).

15 figures.

51. RESTIF DE LA BRETONNE. La Vie de mon Père. *Neuchâtel et Paris*, 1779, 2 parties en 1 vol. in-12, demi-rel. veau, tr. rouges (*Rel. anc.*).

Première édition. 2 frontispices et 12 figures non signés.

52. RESTIF DE LA BRETONNE. Les Contemporaines, ou avantures des plus jolies femmes de l'âge présent. Recueillies par N. E. R** d* L* B***. *Imprimé à Leipsick par Buschel et se trouve à Paris, chès la Dame Vve Duchesne*, 1781-1785, 42 vol. in-12, fig., demi-rel. chag. bleu, têtes dor.

Ouvrage curieux et recherché pour les nombreuses et originales figures de *Binet*.

53. RESTIF DE LA BRETONNE. Les Françaises, ou XXXIV exemples choisis dans les mœurs actuelles, propres à diriger les filles, les femmes et les mères.

Neufchatel et se trouve à Paris, 1786, 4 vol. in-12, fig., demi-rel. chag. bleu, têtes dor.

Figures curieuses par la petitesse des têtes et la finesse des tailles.

54. TASSO (T.). Aminta favola boschereccia di Torquato Tasso. *Parigi, Renouard,* 1800, in-18, broché, non rogné.

Figure de *Prudhon* gravée par *Roger.*

55. VOLTAIRE. La Pucelle d'Orléans, poëme divisé en vingt-un chants, avec les notes de M. de Morza (Voltaire). *Londres,* 1775, in-8, veau écaille, fil., tr. dor.

Frontispice et 21 figures non signés. On y a ajouté l'avant-lettre de la figure du dix-huitième chant.

56. VOLTAIRE. La Pucelle d'Orléans, poëme en vingt-un chants. *Londres (Paris, Cazin),* 1780, 2 vol. in-18, veau écaille, fil., tr. dor. (*Rel. anc.*).

Frontispice et jolies vignettes à mi-page.

57. VOLTAIRE. Romans et Contes. *Bouillon, Société typographique,* 1778, 3 vol. in-8, veau marb., fil., tr. dor. (*Rel. anc.*).

Bonnes épreuves du portrait de Voltaire et des 57 figures de *Monnet, Marillier, Martini* et *Moreau.*

COSTUMES

JOURNAUX

58. ALMANACH CHANTANT, analogue aux costumes et modes parisiennes, les différens habillemens et les coëffures les plus élégantes des hommes et des femmes, gravés en miniature et en pied pour distinguer les habillemens. *Paris, Desnos,* 1783, in-24, mar. rouge, fil. (*Rel. anc. très fatiguée*).

Frontispice (coiffure à la belle poule), et 12 figures de modes.

59. ALMANACH. Les jolies françoises, leurs coiffures et habillements. Etrennes à la beauté, avec des couplets galants, accompagnés de figures. *Paris, Desnos,* 1782, in-24, mar. rouge, fil., tr. dor. (*Rel. anc.*).

Almanach très rare, orné d'un titre gravé et de 12 jolies figures de mode.

60. BEAU MONDE (Le), or literary's fashionable magazine. *London,* 1807, 2 vol. in-8, portr. et fig., demi-rel. bas. rouge.

18 portraits gravés de princes et seigneurs anglais et environ 30 planches de costumes de modes gravées et coloriées.
Incomplet de texte au commencement du tome 1er.

61. BELLE ASSEMBLÉE (La). (The new monthly, belle Assemblée: a magazine of litterature and fashion), 1806 à 1839, 2 vol. in-8, cartonnés, et 1 en demi-rel. veau bleu.

1806 à 1814, 154 planches sans texte. — 1827 à 1831, 75 planches sans texte. — Année 1839, 46 planches avec texte.
Ensemble 275 planches gravées et coloriées.

62. CAHIER DE CROQUIS, à la mine de plomb et à la plume, exécutés à la fin du XVIIIe siècle, représentant des costumes de théâtre, la plupart, de personnages de la tragédie, pet. in-4 de 28 feuillets, vélin vert (*Rel. anc.*).

Environ 75 croquis de costumes d'hommes et de femmes, de vases, casques, etc.

63. CAUSEUSE (La), journal des salons: littérature, beaux-arts, modes. *Paris,* 1822, 2 tomes en 1 vol. in-8, figures, broché.

17 gravures et lithographies, dont 7 figures de modes, coloriées.

64. COLLECTION de gravures de modes de 1822 à 1865, 7 albums, gr. in-4, demi-rel. basane brune.

Environ 800 planches gravées et coloriées, extraites des journaux: *Les Modes de Paris; Le Follet; Le Courrier des Salons; Le Journal des Demoiselles; La Sylphide; Le Journal des Femmes; Le Magasin des Demoiselles; La Mode; Le Moniteur de la Mode; Le Musée des Familles.*

65. COLLECTION générale de costumes suisses. Les

22 cantons représentés en 64 figures, par C. A. Snoeck. *S. l.*, 1828, in-4 oblong, cartonné.

46 planches lithographiées, dont 24 planches de costumes coloriées (2 planches sont répétées) et 23 planches de vues de la Suisse, en noir.

66. COSTUME of the varions orders in the university of Cambridge, drawn by R. Harraden. *London*, 1805, in-4, dos et coins de veau fauve.

Frontispice, plan, 14 planches de costumes coloriées avec soin, 2 planches de médailles et 22 vues de l'Université.

67. COSTUMES de la Bretagne, de la Normandie et du Bordelais. *Nantes, lithographie de Charpentier, s. d.*, 59 planches en 1 vol. gr. in-4, mar. vert, dent., tr. dor. (*Rel. angl. de l'époque*).

Belle collection de planches lithographiées par *H. Charpentier fils* et coloriées avec soin. Elle se compose ainsi : Loire-Inférieure, 18 pl. — Vendée, 6 pl. — Seine-Inférieure, 7 pl. — Eure, 5 pl. Finistère, 6 pl. — Deux-Sèvres, 6 pl. — Gironde, 6 pl. — Landes, 5 pl.

68. COSTUMES ITALIENS. *A Paris, chez Martinet, s. d.* in-8, dos et coins de mar. vert, non rogné.

Suite de 33 jolies planches gravées par *Maleuvre*, et coloriées avec soin.

A toutes marges.

69. COSTUMES SUISSES. Suite de 24 planches de G. Scharf, lithographiées et coloriées, in-16, demi-rel., vélin blanc.

Rare.

70. COURIER FRANÇAIS. (Rédigé par M. Poncelin de la Roche-Tilhac). Juin 1791 à Mai 1793, 4 vol. in-8, brochés.

Nombreuses lacunes.

Le numéro du mardi 22 janvier contient la relation de l'exécution de Louis XVI.

71. FOLLET (Le). Courrier des Salons, journal des modes. *Paris*, 1835 à 1853, 14 vol. gr. in-8, demi-rel. bas.

Cette série contient 1 430 planches de modes parisiennes, gravées et coloriées.

72. GALERIE (de la) THÉATRALE de Martinet, recueil de 135 planches coloriées.

Numéros 1 à 125 de la *Galerie théâtrale* (moins les numéros 93, 94, 113, 116 à 120, gravées par *Joly, Merle* et autres, plus deux planches portant un numéro bis. Les autres 18 planches, qui ne sont pas numérotées, sont de *Carle Vernet.*

73. GAZETTE DE PARIS (par de Rozoy), du Jeudi 1er Juillet 1790 au 31 Décembre 1791. 3 vol., pet. in-4, cartonn.

Ce journal, rédigé par de Rozoy, commença à paraître le 3 novembre 1789 et finit le 10 août 1792, époque où l'auteur fut guillotiné.

74. JOURNAL DES DAMES. Costumes parisiens, publiés par La Mesangère, 1801-1828. 6 vol. in-8, fig. color., basane brune.

1801 à 1824, 1 vol., 204 pl. — 1812, 42 pl. — 1815, 25 pl. — 1821, 75 pl. — 1822, 42 pl. — 1828, 84 pl. — Ensemble 472 pl. de costumes parisiens coloriées.

75. JOURNAL DES DAMES et des Demoiselles. Édition belge, *Bruxelles, Bruylant-Christophe,* 1852 à 1868, 17 vol. gr. in-8, dos et coins de chag. bleu.

Collection renfermant 206 gravures de modes, coloriées d'après les dessins composés spécialement pour ce journal par M. *J. David.*

76. JOURNAL DER MODEN. Herausgegeben von F. J. Bertuch und G. M. Kraus. Mit ausgemahlten und schwarzen Kupfertafeln. *Weimar,* 1786 à 1810 et 1814 à 1817, 29 années en 58 vol. in-8, fig. color., cartonnés.

Ce journal renferme de belles planches gravées en taille-douce et coloriées avec soin, ce sont des copies du *Cabinet des modes de Duhamel* et du *Recueil de la Mesangère.*

Cet exemplaire contient 1022 planches dont 621 gravures de modes. Il est incomplet des planches 12 et 33 de l'année 1799 ; de la planche 12 de l'année 1800 ; des planches 1 à 5, 7, 8, 15, 18, 19, 22, 28, 30 et 31 de l'année 1810 ; des années 1811, 1812 et 1813, et des planches 29 et 30 de l'année 1814.

77. JOURNAL DER MODEN. Herausgegeben von F. J. Bertuch und G. M. Kraus. Mit ausgemahlten und schwarzen Kupfertafeln. *Weimar,* 1786-1807, 5 vol. in-8, cartonnés.

Années 1786, 1790, 1797, 1806 et 1807 incomplètes de nombreuses gravures de modes. (101 planches sur 175.)

78. KEEPSAKE PARISIEN. Le Bijou par Mesdames Anaïs Segalas, A. Lacroix, Desbordes-Valmore, Eléonore du Seigneur, Fanny Denoix, Louise Colet, Mélanie Waldor. Avec une préface de M. P. Lacroix, dessins par Compte-Calix. *Paris, Arnauld de Vresse, s. d.* (1851), in-fol. cartonné, toile verte.

Titre et 12 planches en couleurs, intéressantes pour les costumes.

79. LABRUZZI. Figure originali di Carlo Labruzzi. *Roma*, 1787, in-4, mar. rouge dent., dos orné.

Recueil de 35 dessins bien exécutés, à la sépia, représentant des costumes d'habitants des environs de Rome.

80. LANTÉ. Ouvrières de Paris. 40 planches in-4, de Lanté, gravées par Gâtine et coloriées, en feuilles.

Les 40 premières planches en très belles épreuves.

81. MALLIOT (J.). Recherches sur les costumes, les mœurs, les usages religieux, civils et militaires des anciens peuples, d'après les auteurs célèbres et les monumens antiques, par J. Malliot, publiées par P. Martin. *Paris, de l'Impr. P. Didot l'aîné*, 1804, 3 vol. in-4, fig., cartonnés, non rognés.

Ouvrage orné de 288 planches gravées au trait.

82. MERCURE UNIVERSEL. L'an second de la République française. *Paris, de l'Impr. de Cussac*, du 1er au 19 Mai 1793, in-8, broché.

A la suite : Description des places qui sont aujourd'hui le théâtre de la guerre dans les Pays-Bas, à *Mons*, 1793, in-8, avec 15 plans de villes fortifiées.

83. MODEN-GALLERIE. *Berlin, Fr. Nitze*, 1795, in-4, cartonné.

63 sujets de costumes et autres de *Himpfel*, gravés par *Arndt* sur 32 planches finement coloriées, copies de *the Gallery of fashion*.

84. MUSÉE DES FAMILLES et Magasin des Demoiselles. Album in-4 de 88 planches gravées et color., demi-rel. bas. brune.

48 gravures de modes et 40 travestis, publiés de 1866 à 1871.

85. NAIN JAUNE (Le), ou Journal des arts, des

sciences et de la littérature (par Cauchois-Lemaire). *Paris, Impr. de Fain,* du 5 Janvier 1815 au 5 Juillet 1815, 2 vol. in-8, planches de caricatures en couleurs, brochés.

Il manque les 4 premiers et les 2 derniers numéros (42 et 43).

86. POISSON. Cris de Paris, dessinés d'après nature, par M. Poisson. (Dédiés à M. de Bignon). *A Paris, chez l'Auteur, s. d.* (1769). Pet. in-4, cartonné.

Ce sont les 6 premiers cahiers de ce Recueil qui en contient 12.

87. RECUEIL DES HABILLEMENTS de différentes nations, anciens et modernes et en particulier des vieux ajustements anglois d'après les desseins de Holbein, de Vandyke, de Hollar et de quelques autres. *Londres, publié par Thomas Jefferys,* 1757, 2 vol. in-4, contenant 240 planches gravées, demi-rel. cuir de Russie, tr. dor.

Les planches du tome II sont finement coloriées.
Les 2 premiers volumes d'un ouvrage qui en renferme 4.

88. SPALART. Versuch über das Kostum der vorzüglichsten Volker des Mittelalters. Nach den bewährtesten Schriftstellern bearbeitet von Robert v. Spalart, und fortgesezt von Jakob Kaiserer. (Tableau historique des costumes, des mœurs et des usages des principaux peuples de l'antiquité et du moyen âge). *Wien, bey Phil. F. Schalbacher,* 1796-1804, 3 parties en 8 vol. in-8 et 3 albums, demi-rel. mar. rouge à longs grains, plats papier, fil. (*Anc. rel.*).

Cette collection renferme 300 planches, y compris celles contenues dans les 2 volumes de supplément publiés en 1837; une planche manque, le n° 106 de la première partie.

Les 3 albums sous le titre de: *Kupfer in Querfolio zur ersten Abtheilung der Versuches über das Kostum,* renferment 207 planches représentant des vues, monuments, cérémonies, armures, etc. Ensemble 507 planches gravées et coloriées avec le plus grand soin.

89. SUISSE (La) en miniature. *Paris, Marcilly,* 5 cahiers in-32 renfermés dans un étui-boîte en carton, avec encadrement doré.

Collection composée de 40 planches de costumes en pied, gravées et finement coloriées.

90. TABLEAUX des habillemens, mœurs et coutumes dans les provinces septentrionales du royaume des Pays-Bas, au commencement du dix-neuvième siècle, *Amsterdam, Maaskamp*, 1829, in-4, demi-rel. mar. grenat.

Frontispice et 24 planches de *Kuyper*, *Bounach*, *Van Os*, *Rangenburgh*, *Osterhoudt*, gravés par *Portman*.
Ces planches sont coloriées avec soin.

91. VOYAGE dans l'intérieur de la Hollande, fait dans les années 1806 et 1808. *A Amsterdam, chez E. Maaskamp, s. d.*, 2 tomes en 1 vol. in-8, fig., bas. rac.

24 planches représentant des vues de monuments ou de sites, tirées en bistre, et 13 planches de costumes en couleurs.

---

92. ESSAIS HISTORIQUES sur la vie de Marie-Antoinette d'Autriche, reine de France, pour servir à l'histoire de cette princesse. *Londres*, 1789 *et à Versailles chez la Montansier*, 2 parties et 1 vol. in-8, demi-rel. veau (*Rel. anc.*).

Portrait de Marie-Antoinette à la seconde partie.
On y a joint la partie du *Livre rouge* relative aux dépenses du Roi et de la Reine.

93. ESSAIS HISTORIQUES sur la vie de Marie-Antoinette. *Londres*, 1789 *et Versailles chez la Montansier*, 2 part. en 1 vol. in-8, demi-rel. chag. rouge, non rogné.

La seconde partie de cet exemplaire est d'une autre édition que celle du numéro précédent, le portrait de Marie-Antoinette est plus grand et tiré en bistre.
A la fin : *Réception du comte d'Artois chez M. l'électeur de Cologne*, 40 pages. — *Pénitence du comte d'Artois*, 16 pages.

94. MARIE-ANTOINETTE, archiduchesse d'Autriche, reine de France, ou Causes et tableau de la Révolution, par M. le Chev. de M** (Mayer). *S. l.* (*Turin*), 1794, in-8 de 142 pages, broché.

Première édition.
Cet exemplaire contient le frontispice et les 6 figures gravées à l'eau-forte.

95. MIRABEAU. Errotika biblion. *Rome, Impr. du Vatican*, 1783, in-8, dos et coins de basane, tr. rouge (*Rel. anc.*).

96. PORTEFEUILLE d'un talon rouge, contenant des anecdotes galantes et secrettes de la Cour de France. *Paris, l'an* 178*, in-16 de 42 pages, dos et coins de mar. rouge, tête dor., non rogné.

Pamphlet dont l'auteur est demeuré inconnu et que l'on attribue sans preuves à Gédéon Lafitte, marquis de Pelleport. Voir Tourneux, *Marie-Antoinette devant l'Histoire*, page 38.

97. SATYRE MÉNIPPÉE de la vertu du Catholicon d'Espagne et de la tenue des estats de Paris, durant la Ligue en l'an 1593. *Imprimé sur la copie de l'année*, 1593, pet. in-12, 2 planches pliées, mar. rouge, filets, tr. dor.

Edition imprimée au XVIIe siècle sur très mauvais papier.

LIVRES ILLUSTRÉS

DU XIXe SIÈCLE

ÉDITIONS ORIGINALES — BEAUX-ARTS

98. ALBUM DE L'ARTISTE. Pet. in-fol., cartonné.

12 planches (eaux-fortes, gravures, lithographies) gravées par *Gavarni, Grandville, Chaplain, Veyrassat, Hédouin, Masson* d'après *Decamps*, etc.

99. ALBUM de la Chasse illustrée. *Paris, Firmin Didot frères, s. d.*, 2 albums toile rouge (*Cartonn. des éditeurs*).

80 planches gravées sur bois par *Huyot*, d'après *Kauffmann, Lix, Bellecroix, Riou, A. de Neuville, Yan d'Argent, Méaulle* et autres.

100. AMOURS DES DIEUX (Les), recueil de compositions dessinées par Girodet et lithographiées par

Aubry Le Comte, Chatillon, Counis, Coupin de Lacouprie, Dassy, Dejuinne..., avec un texte explicatif rédigé par M. P. A. Coupin. *Paris, Engelmann et Cie*, 1826, in-fol., dos et coins bas. verte.

15 planches tirées sur papier de Chine.

101. AUMALE (duc d'). Les Zouaves et les Chasseurs à pied. Illustrations de Charles Morel, gravées sur bois par Cl. Bellenger, Leveillé, Noël Paillard. *Paris, Société des Amis des Livres, s. d.* (1896), in-8, fig., broché, renfermé dans un étui cartonné.

Edition ornée de 121 compositions sur bois, imprimée à 123 exemplaires non mis dans le commerce.

102. BALZAC. Les Contes drolatiques colligez ez abbayes de Touraine. *Paris, Soc. générale de librairie*, 1855, in-8, demi-rel. chag. brun, tête dor., ébarbé.

Premier tirage des illustrations de *Gustave Doré*.

103. BALZAC. Une rue de Paris et son habitant, avant-propos par M. le vte de Spoelberch de Lovenjoul, illustrations de François Courboin. *Paris, Librairie A. Rouquette*, 1899, in-8, fig., broché.

Ouvrage imprimé à 125 exemplaires sur papier vélin, orné de 22 charmantes compositions de *Fr. Courboin* dans le texte, et coloriées. La couverture est ornée de la vignette du titre.
Devenu rare.

104. BALZAC. La Maison du Chat-qui-pelote. Préface de Francisque Sarcey. *Paris, Librairie Conquet, L. Carteret et Cie, succrs*, 1899, pet. in-8, broché, couverture illustrée.

Tirage unique à 200 exemplaires sur PAPIER VÉLIN DU MARAIS, orné de 40 compositions de *Louis Dunki*, gravées sur bois par *Maurice Baud*.

105. BALZAC. Suite de 102 planches (dont le titre) pour l'édition de 1838 de la *Peau de chagrin*, en 1 vol. gr. in-8, demi-rel. toile rouge, tr. jaspée.

Tirage à part des vignettes, avec le titre avant l'adresse et avec le squelette effacé.

106. BAZIN (René). Les Oberlé, aquarelles et dessins

de Ch. Spindler. *Paris, Calmann-Lévy, s. d.*, gr. in-8, fig., broché.

Un des 25 exemplaires imprimés sur PAPIER DE CHINE avec un double tirage en noir des planches hors texte.

107. BÉRALDI (Henri). La Reliure au XIXe siècle. *Paris, Conquet*, 1895-1897, 4 vol. gr. in-8, dos et coins de mar. rouge, fil., tête dor., non rognés.

Très belle publication, imprimée à 295 exemplaires sur papier vélin ; elle est ornée de nombreuses reproductions de reliures, en noir et en couleurs, de fac-similés d'autographes, etc.

108. BÉRANGER. Chansons morales et autres. *Paris, Eymery*, 1816, in-18, frontisp. et titre gravé, broché.

ÉDITION ORIGINALE.
Exemplaire NON ROGNÉ.

109. BÉRANGER. Chansons morales et autres. *Paris, Eymery*, 1816, in-18, frontisp. et titre gravé, demi-rel. toile verte, ébarbé.

ÉDITION ORIGINALE.

110. BÉRANGER Chansons. *Paris, Baudouin frères*, 1827, in-32, veau bleu, fil., tr. marb.

Edition ornée de 84 vignettes gravées sur bois par *Thompson*, d'après *Déveria*.

111. BERNARD (Madame Laure). Théâtre des Marionnettes, ouvrage pour la jeunesse. *Paris, Didier*, 1837, in-12, titre gravé et 4 fig., démi-rel. mar. rouge, tête dor., ébarbé.

112. CALENDRIER GRAVÉ sur bois par Adrien Lavieille et publié par Claye, 12 planches en 1 vol. in-4, demi-toile.

Epreuves tirées sur papier de Chine.

113. CHAMPFLEURY. Souvenirs des Funambules. *Paris, Michel Lévy*, 1859, in-12, cartonnage de mar. rouge, non rogné (*Carayon*).

Sur le feuillet de garde se trouve l'envoi suivant de Champfleury :

A M. BILLION
Directeur du Théâtre des Funambules.
Homme généreux qui, le premier, m'a payé l'énorme somme de cent francs pour une pantomime.
CHAMPFLEURY.

On a ajouté à cet exemplaire de nombreux portraits, photographies, figures, 4 programmes des Funambules et les pièces suivantes en éditions originales : *Les trois filles à Cassandre*, 1850, par Champfleury. — *Pierrot et les bandits espagnols*, par Charles. — *Les trois Pierrots*, par Jouhaud. — *La Mère Gigogne*, par Delor. — *Les deux Pierrots*, par Jouhaud. — *Pierrot sorcier*, par Charles. — *Pierrot maçon*, par le même, etc.

114. CHAMPFLEURY. Le Violon de faïence, dessins en couleur par M. Emile Renard, eaux-fortes par J. Adeline. *Paris, Dentu*, 1877, in-8, br.

115. CHAMPFLEURY. Les Vignettes romantiques, histoire de la littérature et de l'art, 150 vignettes par Célestin Nanteuil, Tony Johannot, Deveria, Jeanron, Edouard May, Jean Gigoux, Camille Rogier, Achille Allier. Suivi du catalogue complet des romans, drames, poésies, ornés de vignettes, de 1825 à 1840. *Paris, Dentu*, 1883, gr. in-8, broché.

Un des 100 exemplaires imprimé sur PAPIER DE HOLLANDE, avec les planches hors texte tirées sur Japon.

116. CHANSONS NATIONALES et populaires de France, accompagnées de notes historiques et littéraires par Dumersan et Noël Ségur. *Paris, G. de Gonet, s. d.* (1851), 2 vol. in-8 à 2 col., dos et coins de chag. rouge, tête dor., ébarbés.

Exemplaire de PREMIER TIRAGE ; 48 illustrations de *Gavarni, Hadamard, Traviès, Geoffroy, Lefils*, etc., gravées hors texte, sur acier.

117. CHANSONS NATIONALES et populaires de France, accompagnées de notes historiques et littéraires, par Dumersan et Noël Ségur. *Paris, G. de Gonet, s. d.* (1851), 2 vol. in-8, dos et coins de mar. bleu, têtes dor., ébarbés.

PREMIER TIRAGE des 48 gravures sur acier que renferment ces deux volumes.

118. CHEVIGNÉ (Comte de). Les Contes rémois. Dessins de E. Meissonier. *Paris, Michel Lévy frères*, 1858, gr. in-8, port. et vignettes, dos et coins de mar. rouge, fil., dos orné, tête dor., ébarbé (*Thibaron*).

PREMIER TIRAGE des vignettes de *Meissonier*.
Exemplaire imprimé sur GRAND PAPIER VÉLIN.

119. CHEVIGNÉ (Comte de). Les Contes rémois. Dessins de A. Meissonier. *Paris, Michel Lévy*, 1858, in-12, dos et coins de mar. vert, tr. dor.

PREMIER TIRAGE des figures de *Meissonier*.

120. CHOIX DE PEINTURES DE POMPÉI, lithographiées en couleur par M. Roux et publiées avec l'explication archéologique de chaque peinture par Raoul-Rochette. *Paris, Adolphe Labitte*, 1867, in-fol., demi-rel. mar. rouge, tête dor., ébarbé.

28 planches lithographiées en couleur.

121. CLÉMENT DE RIS. Les Amateurs d'autrefois. Huit portraits gravés à l'eau-forte. *Paris, Plon*, 1877, in-8, papier vergé, dos et coins de chag. vert, tête dor., non rogné.

122. DAUDET (Alphonse). Aventures prodigieuses de Tartarin de Tarascon. *Paris, Dentu*, 1887. — Tartarin sur les Alpes. Edition du Figaro. *Paris, Calmann-Lévy*, 1885. — Port Tarascon, *Paris, Dentu*, 1890. Ens. 3 vol. in-8, fig., brochés.

Le dernier ouvrage est en ÉDITION ORIGINALE.

123. DAUDET (Alphonse). Sapho. Compositions de Auguste-François Gorguet, gravures à l'eau-forte de Louis Muller. *Paris, Armand Magnier*, 1897, in-8, fig., broché (*couvert. illustrée*).

De la *Collection des Dix*.

Edition imprimée à 300 exemplaires, illustrée par *A.-F. Gorguet* de 50 compositions, dont 16 tirées hors texte, gravées à l'eau-forte par *Louis Muller*.

Un des 50 exemplaires sur PAPIER VÉLIN DE CUVE, contenant une double suite des eaux-fortes hors texte, AVANT et avec la lettre.

124. DAUMIER. Les cent Robert Macaire. *Paris, Aubert, s. d.* Suite de 100 lithographies coloriées, en un vol. gr. in-4, cartonn. demi-toile grise.

Suite très recherchée, coloris ancien.
Les marges sont inégales.

125. DELVAU (Alfred). Histoire anecdotique des cafés et cabarets de Paris. Avec dessins et eaux-fortes de

Gustave Courbet, Léopold Flameng et Félicien Rops. *Paris, Dentu,* 1862, in-12, broché (*Couvert.*).

ÉDITION ORIGINALE.

126. DELVAU (Alfred). Les Amours buissonnières. *Paris, Dentu, s. d.* 1863, in-12, dos et coins de mar. bleu, tête dor., non rogné.

ÉDITION ORIGINALE.

127. DELVAU (Alfred). Les Cythères parisiennes. Avec 24 eaux-fortes et un frontispice de Félicien Rops et Emile Thérond. *Paris, Dentu,* 1864, in-12, broché (*couvert. illust.*).

ÉDITION ORIGINALE.

On a ajouté à cet exemplaire les épreuves d'artiste sur CHINE de six des eaux-fortes.

128. DELVAU (Alfred). Histoire anecdotique des barrières de Paris. Avec 10 eaux-fortes par Émile Thérond. *Paris, Dentu,* 1865, in-12, broché (*Couvert.*).

ÉDITION ORIGINALE.

129. DELVAU (Alfred). Le grand et le petit trottoir. *Paris, Faure,* 1866, in-12, broché (*Couvert.*).

ÉDITION ORIGINALE.

130. DELVAU (Alfred). Les Heures parisiennes, 25 eaux-fortes d'Émile Benassit. *Paris, Librairie centrale,* 1866, in-12, broché (*Couvert.*).

Exemplaire très frais de l'ÉDITION ORIGINALE, imprimé sur PAPIER DE HOLLANDE, avec la planche de *Minuit* de premier état. On y a joint l'*Appendice*.

131. DELVAU (Alfred). Les Heures parisiennes, 25 eaux-fortes d'Émile Benassit. *Paris, Librairie centrale,* 1866, in-12, broché (*Couvert. imp.*).

ÉDITION ORIGINALE.
Nom à l'encre sur le titre.

132. DELVAU (Alfred). Les Plaisirs de Paris, guide pratique et illustré par Alfred Delvau. *Paris, Achille Faure,* 1867, in-16, broché. (*Couvert. illust.*).

Exemplaire non coupé de l'ÉDITION ORIGINALE.

133. DELVAU (Alfred). A la porte du Paradis. *Paris, Faure,* 1867, in-12, broché (*Couvert.*).

Édition originale.

134. DIABLE (Le) A PARIS. Paris et les Parisiens. Illustrations de Gavarni, vignettes de Bertall. *Paris, Hetzel,* 1845-1847, 2 vol. gr. in-8, dos et coins de mar. vert, fil., têtes dorées, ébarbés (*Rel. de l'époque*).

Bel exemplaire de premier tirage.

135. DIAZ DEL CASTILLO. Véridique histoire de la conquête de la nouvelle France par le capitaine Bernal Diaz del Castillo, l'un des conquérants. Traduite de l'espagnol, avec une introduction et des notes, par José-Maria de Hérédia. *Paris, Lemerre,* 1877-1887, 4 vol. pet. in-12, cartonn., dos et coins de toile verte, non rognés.

Un des 25 exemplaires imprimés sur papier de Chine.

136. DESTOUCHES. Œuvres dramatiques de N. Destouches, nouvelle édition, précédée d'une notice sur la vie et les ouvrages de cet auteur (par Alex. de Senonnes). *Paris, Lefèvre,* 1811, 6 vol. in-8, veau rose dent. à froid., tr. marb. (*Martin*).

Portrait, figures par *Lafitte*.

137. FLAUBERT, Œuvres. *Paris, Lemerre,* 1874-1885, 10 vol. pet. in-12, cartonn., dos et coins de toile rouge, non rognés.

Exemplaire imprimé sur papier de Chine.

Madame Bovary, 2 vol. (Cet ouvrage est relié en dos et coins de chagrin. La Vall. et contient la suite des eaux-fortes de *Boilvin* sur Chine). — Salammbo, 2 vol. — Théâtre. — Trois contes. — L'Education sentimentale, 2 vol. — La Tentation de Saint-Antoine. — Bouvard et Pécuchet.

138. FOUCQUET (Œuvres de Jehan). Heures de Maistre Estienne Chevalier, texte restitué par M. l'abbé Delaunay, curé de Saint-Etienne du Mont. *Paris, L. Curmer,* 1866-1867, 2 vol. gr. in-8, fig., mar. rouge, comp. de fil. sur le dos et les plats, têtes dor.

Bel ouvrage imprimé à 550 exemplaires, illustré d'un portrait du pape Pie IX et de 53 planches en chromolith., toutes les pages encadrées d'ornements en chromolith.

Le tome II contient la liste des souscripteurs, la préface, la biographie de Jean Foucquet, la description de diverses œuvres de cet artiste et celle des miniatures reproduites dans le tome I.

139. GARNIER (Edouard). Histoire de la céramique, poteries, faïences et porcelaines, chez tous les peuples depuis les temps anciens jusqu'à nos jours. *Tours. Mame.* 1882, in-8, demi-rel. chag. brun poli, tête dor., non rogné.

Seconde édition augmentée; nombreuses illustrations en noir et en couleurs.

140. GAUTIER (Théophile). Le Capitaine Fracasse, illustré de 60 dessins de Gustave Doré. *Paris. Charpentier.* 1866, gr. in-8, broché.

Exemplaire de PREMIER TIRAGE avec la couverture illustrée.

141. GAUTIER (Théophile). Le Roi Candaule. Illustré de vingt et une compositions par Paul Avril. Préface par Anatole France. *Paris. A. Ferroud* (imprimerie Chamerot et Renouard), 1893, in-8, fig., mar. lilas, fleurons sur le dos, fil., doubl. et gardes en satin broché bleu clair, avec dent., tr. dor. (*Couvert.*).

Un des 50 exemplaires imprimés sur GRAND PAPIER DU JAPON, avec les eaux-fortes en deux états : avec la lettre et AVANT LA LETTRE avec remarque.

142. GAUTIER (Théophile). La mille et deuxième nuit, illustrée de neuf compositions par Ad. Lalauze. Préface par L. Gastine. *Paris, Ferroud,* 1898, in-8, broché.

Papier vélin.

143. GAUTIER (Théophile). Celle-ci et celle-là ou la jeune France passionnée, avant-propos de Maurice Tourneux. Illustrations de François Courboin. *Paris, Librairie A. Rouquette,* 1900, in-8, broché, couverture.

Bel ouvrage, imprimé par Lahure à 125 exemplaires sur papier vergé, illustrés d'un portrait de l'auteur, de 31 compositions dessinées et gravées à l'eau-forte en 2 tons par *François Courboin,* tirées dans le texte et avec une double suite de ces illustrations en tirage à part : eau-forte pure en noir avec remarque et épreuve terminée en noir avec remarque.

144. GAVARNI. Masques et visages. *Paris, Paulin,* 1857, pet. in-8, vignettes, broché (*Couvert. illustr.*).

145. GONCOURT (Edmond de). La Fille Elisa, compositions et eaux-fortes de Georges Jeanniot. *Paris, Em. Testard,* 1895, in-8, fig., broché (*Couvert. illustr*).

De la *collection des Dix.*

Edition imprimée à 600 exemplaires, illustrée de 70 compositions de *G. Jeanniot,* comprenant 10 eaux-fortes originales hors texte et 60 dessins et croquis dans le texte, gravés sur bois.

Un des 50 exemplaires sur PAPIER VÉLIN A LA CUVE, contenant une double suite des eaux-fortes hors texte, AVANT et avec la lettre ; on y a joint le prospectus de cet ouvrage contenant 1 *figure refusée* et 1 frontispice supplémentaire.

146. GRANDVILLE. Un autre Monde, transformations, visions, incarnations, ascensions, locomotions..... *Paris, H. Fournier,* 1844, pet. in-4, broché.

Exemplaire avec la couverture illustrée, planches coloriées.

147. GRANDVILLE. Cent proverbes par Grandville et par trois têtes dans un bonnet (Forgues, Taxile Delord, Arnould Frémy et Amédée Achard). *Paris, H. Fournier,* 1845, in-8, br. (*Couvert. illustr.*).

Vignettes dans le texte et 50 planches tirées à part.

Exemplaire de PREMIER TIRAGE, très frais.

148. GRUEL (Léon). Manuel historique et bibliographique de l'amateur de reliures. *Paris, Gruel et Engelmann,* 1887, in-4, dos et coins de mar. rouge, tête dor., non rogné.

Un des plus importants ouvrages sur la reliure orné d'un grand nombre de planches hors texte et de figures dans le texte.

149. HALÉVY (Ludovic). La Famille Cardinal. *Paris, Calmann Lévy,* 1883, pet. in-8, dos et coins de mar. citron, tête dor., non rogné, couvert. (*Champs*).

Tirage à 200 exemplaires sur papier vergé du Marais, pour la librairie Conquet. Ils sont ornés d'un frontispice et de 8 vignettes de *Mas,* gravés par *Massard.*

150. JARDIN DES PLANTES (Le). Description com-

plète, historique et pittoresque du Museum d'histoire naturelle, de la ménagerie, des serres, des galeries de minéralogie et d'anatomie, par P. Bernard, L. Couailhac, Gervais et Emm. Lemaout. *Paris, Curmer*, 1842, 2 vol. gr. in-8, demi-rel. chag. noir, tr. dor.

Nombreuses illustrations dans le texte, et hors texte (noires et coloriées), portraits.

151. LACROIX (Paul). XVIIIe siècle. Lettres, Sciences et Arts. France, 1700-1789. *Paris, Firmin Didot*, 1878, gr. in-8, fig., dos et coins de mar. rouge, dos orné, fil., tête dor.

Ouvrage illustré de 16 chromolithographies et de 250 gravures sur bois, dont 20 tirées hors texte d'après Watteau, Vanloo, Largillière, Boucher, Lancret, Greuze, Chardin, etc ;

Exemplaire du PREMIER TIRAGE, imprimé sur GRAND PAPIER.

152. LA FONTAINE. Les Amours de Psyché et de Cupidon, suivies d'Adonis, poëme. *Paris, Leclerc fils*, 1863, 2 vol. pet. in-12, mar. rouge, compart. de fil., tr. dor.

153. LA FONTAINE. Les Amours de Psyché et de Cupidon, suivis d'Adonis, poème, nouvelle édition ornée de 26 figures de Borel, gravées en couleur par Vigna-Vigneron. *Paris, Th. Belin*, 1899, 2 vol. gr. in-8, fig., cart., non rognés.

Belle publication tirée à 250 exemplaires.

154. LASSAILLY. Les Roueries de Trialph, notre contemporain avant son suicide. *Paris, Sylvestre*, 1833, in-8, broché (*couvert. impr.*).

Un des volumes rares de la collection romantique. Cachet sur la couverture.

155. LENOIR (A.). Musée des monumens français ou description historique et généalogique des statues en marbre et en bronze, bas-reliefs et tombeaux des hommes et des femmes célèbres, pour servir à l'histoire de France et à celle de l'Art. Ornée de gravures et augmentée d'une dissertation sur les costumes

de chaque siècle par Alexandre Lenoir. *Paris*, 1800-1806, 6 vol. in-8, dos et coins de mar. vert, tête dor., non rognés.

Bel exemplaire contenant 215 planches gravées au trait.

Le 6e volume, sans tomaison, et publié en 1806, renferme l'*Histoire de la gravure sur verre*, avec nombreuses planches et *Sujets tirés de la fable de Cupidon et de Psyché, d'après les dessins de Raphaël*, titre et 44 planches gravés au trait.

156. LONGUS. Daphnis et Chloé, traduction d'Amyot, complétée par P.-L. Courier, 43 compositions au trait par Léopold Burthe. Préface par Amaury Duval. *Paris, Hetzel*, 1863, in-fol. cartonné, toile rouge de l'éditeur.

157. LONGUS. Daphnis et Chloé, ou les Pastorales de Longus, traduites du grec, par J. Amyot. Nouvelle édition revue, corrigée et augmentée. *Paris, Leclerc*, 1883, pet. in-8, dos et coins de mar. rouge, fil., dos orné, tête dor., non rogné (*Lanscelin*).

Exemplaire contenant le tirage en rouge des eaux-fortes.

158. MAISTRE (Xavier de). Voyage autour de ma chambre, suivi de l'Expédition nocturne. Préface par Jules Claretie. Six eaux-fortes par Hédouin. *Paris. Librairie des bibliophiles*, 1877, in-8, carton., dos et coins toile noire, non rogné.

159. MASSIAC (Th.). Joyeux devis. Illustrations de Le Natur. *Paris, Rouveyre*, 1882. — Chair à plaisir, par L. V. Meunier. Illustrations de Ferdinandus. *Ibid., Id.*, 1882. — Ens. 2 vol. in-12, brochés.

Exemplaires imprimés sur PAPIER DE CHINE.

160. MAUPASSANT (Guy de). Pierre et Jean, illustré par Ernest Duez et Albert Lynch. *Paris. Boussod, Valadon et Cie*, 1888, in-4, broché.

161. MICHEL (Marius). La Reliure française depuis l'invention de l'imprimerie jusqu'à la fin du XVIIIe siècle. *Paris, Morgand et Fatout*, 1880. — La Reliure française, commerciale et industrielle, depuis l'in-

vention de l'imprimerie jusqu'à nos jours. *Ibid.*, *Id.*, 1881. — Ensemble, 2 vol. très gr. in-8, nombreuses illustrat. en noir et en couleur, mar. bleu, encadrement de 10 filets, tr. dor. (*Marius Michel*).

Bel exemplaire imprimé sur PAPIER DU JAPON.

162. MOIS A VENISE (Un), ou Recueil de vues pittoresques, dessinées par M. le comte de Forbin et Dejuinne, peintre d'histoire et lithographiées par Arnout, Aubry-Lecomte, Coupin, Fragonard, Gudin... Avec un texte historique et explicatif. *Publié par G. Engelmann*, 1825, in-fol., demi-rel. veau fauve.

15 planches tirées sur PAPIER DE CHINE.

163. MONSELET (Charles). Les Tréteaux, avec un frontispice dessiné et gravé par Bracquemond. *Paris, Poulet-Malassis*, 1859, in-12, broché (*couvert. impr.*).

164. MONTESQUIEU. Lettres persanes publiées en deux volumes, avec une préface par M. Tourneux. Dessins d'E. de Beaumont, gravés à l'eau-forte par Boilvin. *Paris, Librairie des bibliophiles*, 1886, 2 vol. in-12, cartonn., toile brune, non rognés.

Un des 25 exemplaires imprimé sur PAPIER DE CHINE avec double épreuve des eaux-fortes.

165. MONTESQUIEU. Le Temple de Gnide. *Paris, Imprimerie de Pinard*, 1824, pet. in-fol. de 4 ff. prél. et 60 pages, demi-rel. chag. bleu.

Chef-d'œuvre d'impression, tiré à 140 exemplaires.

166. MUSÉE OU MAGASIN COMIQUE de Philipon, contenant 800 dessins de Cham, Eustache, Fontallard, Forest, Gavarni, Grandville, etc. *Paris, Aubert et Cie, s. d.*, 48 livraisons en 1 vol. in-4, demi-rel. bas. verte.

Cassure au titre.

167. MUSÉE ROYAL (Le), publié par Henri Laurent, graveur du Cabinet du Roi, ou Recueil de gravures d'après les plus beaux tableaux, statues et bas-reliefs

de la collection royale, avec description des sujets, notices littéraires et discours sur les arts, par Visconti, Guizot, et le comte de Clarac. *Paris, de l'Imprimerie Didot l'aîné*, 1816-1818, 2 vol. gr. in-fol., demi-rel. basane bleue, non rognés.

Bel exemplaire de la seconde série du *Musée français*.

168. MUSSET (Alfred de). Œuvres complètes. *Paris, Alph. Lemerre*, 1876, 10 vol. pet. in-12, brochés.

Exemplaire imprimé sur PAPIER DE CHINE auquel on a joint : La biographie d'Alfred de Musset, par Paul de Musset.

169. NAPOLÉON Ier et la Garde impériale. Texte par Eugène Fieffé, des Archives de la guerre. Dessins par Raffet. *Paris, Furne fils*, 1859, in-4, demi-rel. mar. rouge, tête dor. (*Champs*).

Exemplaire contenant les figures de *Raffet* en deux états, noires et coloriées.

170. NERVAL (Gérard de), Sylvie, souvenirs du Valois, préface par Ludovic Halevy, 42 compositions dessinées et gravées à l'eau-forte par Ed. Rudaux. *Paris, Conquet*, 1886, in-16, cartonn., dos et coins de toile bleue, non rogné (*Couvert.*).

171. OLD NICK (Em. Forgues). La Chine ouverte. Aventures d'un Fan-Kouei dans le pays de Tsin, par Old Nick, ouvrage illustré par Auguste Borget. *Paris, H. Fournier*, 1845, gr. in-8, fig., broché (*Couvert.*).

Nombreuses illustrations sur bois, dont 50 grands sujets tirés à part.

Exemplaire de PREMIER TIRAGE, couverture imprimée en bleu, avec ornements dorés, le verso contient l'annonce des publications illustrées de l'éditeur.

172. PANHARD (F.). Joseph de Longueil, sa vie, son œuvre. Illustré d'un portrait par P. Adolphe Varin et d'une suite de reproductions de gravures. *Paris, Morgand et Fatout*, 1880, gr. in-8, broché.

Exemplaire imprimé sur PAPIER DE HOLLANDE.

173. PARNES (Royer de). La Régence, portefeuille

d'un Roué. — Gazette anecdotique du règne de Louis XVI. — Le Directoire, portefeuille d'un Incroyable. *Paris, Rouveyre,* 1880-1881, 3 vol. in-8, brochés.

Exemplaires imprimés sur PAPIER WHATMAN, avec les figures en deux états.

174. PERRAULT (Charles). Les Contes des fées. Nouvelle édition, revue et corrigée, précédée d'une lettre critique par Ch. Giraud. *Paris, Imp. impériale,* 1864, in-8, dos et coins de chag. rouge, tête dorée.

175. PLÉIADE (La). Ballades, fabliaux, nouvelles et légendes. *Paris, L. Curmer,* 1842, pet. in-8, broché.

Bel exemplaire, non coupé, avec la couverture. Il est conforme à la description donnée par M. Brivois, sauf le frontispice du *Combat des rats et des grenouilles* qui manque.

176. PLÉIADE (La). Ballades, fabliaux, nouvelles et légendes. *Paris, Curmer,* 1842, in-12, dos et coins de mar. rouge, tête dor., ébarbé.

Exemplaire sans les frontispices et les eaux-fortes.

177. PORTALIS (Bon Roger). Honoré Fragonard, sa vie et son œuvre, 210 planches et vignettes d'après les peintures, estampes et dessins originaux, eaux-fortes par Lalauze, Champollion, Courtry, etc. *Paris, Rothschild,* 1889, 1 tom. en 2 vol. gr. in-8, dos et et coins mar. violet, tête dor., non rognés.

Exemplaire imprimé sur simili Japon.

178. RAMBERT (Eugène) et Léo-Paul ROBERT. Les Oiseaux dans la Nature. Description pittoresque des oiseaux utiles. *Paris, Germer Baillière, s. d.,* 3 vol. gr. in-4, cartonnage de l'éditeur en toile brune, tr. dor.

Soixante planches en couleurs, 50 gravures sur bois hors texte et 122 gravures dans le texte.

179. RECUEIL D'ESTAMPES gravées d'après des peintures antiques, italiennes, etc., par Auguste Boucher Desnoyers, ou exécutées sous sa direction d'après les dessins qu'il a faits en Italie dans les

années 1818 et 1819. *Paris, Impr. de Firmin Didot*, 1821, in-fol., demi-rel. veau bleu.

34 planches, y compris le portrait du comte Siméon auquel l'ouvrage est dédié.

180. ROUSSEAU (J.-J.). Les Confessions, avec une préface par Marc Monnier. Treize eaux-fortes par Ed. Hédouin. *Paris, Librairie des bibliophiles*, 1881, 4 vol. in-8, cartonn., dos et coins de toile verte, non rognés.

181. SAINT-PIERRE (Bernardin de). Paul et Virginie. *Paris, Picard*, 1867, in-16, mar. vert, compart. de fil., tr. dor.

Exemplaire imprimé sur PAPIER DE CHINE auquel on a ajouté 4 figures gravées à l'eau-forte, par *Foulquier*, et tirées sur CHINE.

182. SAINT-VICTOR (J.-M.-B. de). Atlas du Tableau historique et pittoresque de Paris. *S. l. n. d.* (*Paris*, 1808), in-4, demi-rel. basane verte.

214 planches ou figures gravées à la manière noire, représentant les monuments et antiquités de Paris.

183. SAULIÈRE (Auguste). Les Leçons conjugales, contes lestes. Vignettes et eaux-fortes de Henry Somm. *Paris, Dentu*, 1879. — Histoires conjugales, nouveaux contes lestes, 55 vignettes et 10 eaux-fortes par Henry Somm. *Ibid., Id.*, 1881. — Ens. 2 vol. in-12, brochés.

Exemplaires imprimés sur PAPIER DE CHINE, avec les eaux-fortes avant la lettre sur CHINE et sur JAPON.

184. SAUVAN. Diorama anglais ou Promenades pittoresques à Londres. Ouvrage orné de vingt-quatre planches gravées et enluminées. *Paris, Didot l'aîné*, 1823, in-8, dos et coins de mar. La Vall., tête dor., non rogné.

Bel exemplaire avec les figures AVANT LA LETTRE.

185. SÉVIGNÉ (Madame de). Lettres de Madame de Sévigné, de sa famille et de ses amis, avec portraits,

vues et fac-similé. *Paris, Blaise,* 1818, 10 vol. in-8 cartonn., non rognés (*Rel. anc.*).

Exemplaire imprimé sur PAPIER VÉLIN, avec les portraits et les vues en deux états ; avec la lettre et à l'état d'EAU-FORTE.

On y a joint : *Collection de vingt portraits du siècle de Louis XIV que l'on peut joindre à la nouvelle édition des lettres de Madame de Sévigné*. Paris, Blaise, 1818, in-8, cart.

186. STENDHAL (De). La Chartreuse de Parme. Réimpression textuelle de l'édition originale, illustrée de 32 eaux-fortes par V. Foulquier. Préface de Francisque Sarcey. *Paris, Conquet,* 1883, 2 vol. in-8, cartonn., dos et coins de toile verte, non rognés (*Couvert.*).

Epuisé.

187. STENDHAL (De). Le Rouge et le Noir. Réimpression textuelle de l'édition originale, illustrée de 80 eaux-fortes par H. Dubouchet. Préface de Léon Chapron. *Paris, L. Conquet,* 1884, 3 vol. in-8, cartonn., dos et coins de toile verte, non rognés (*Couvert.*).

188. THEURIET (André). Sous bois. Nouvelle édition illustrée de soixante-dix-huit compositions de H. Giacomelli, gravées sur bois par Berveiller, Froment, Méaulle et Rouget. Préface de Jules Claretie. *Paris, Conquet,* 1883, pet. in-8, cartonn., dos et coins de toile grise, non rogné (*Couvert.*).

189. UZANNE (Octave). Le Calendrier de Vénus. *Paris, Rouveyre,* 1880, pet. in-8, broché.

Exemplaire imprimé sur PAPIER DE CHINE.

190. UZANNE (Octave). L'Éventail. Illustrations de Paul Avril. *Paris, Quantin,* 1882, in-8, broché (*Emboîtage*).

191. UZANNE (Octave). L'Ombrelle, le Gant et le Manchon. Illustrations de Paul Avril. *Paris, Quantin,* 1883, gr. in-8, broché (*Emboîtage*).

192. UZANNE (Octave). Dictionnaire bibliophiloso-

phique, typologique, iconophilesque, bibliopégique et bibliotechnique, à l'usage des bibliognostes, des bibliomanes et des bibliophilistins. *Paris, pour les sociétaires de l'Académie des beaux livres,* 1896, 1 vol. in-8, broché, dans un carton.

Publication des Bibliophiles contemporains.

193. VATOUT. Histoire lithographiée du Palais-Royal, dédiée au Roi, publiée par M. J. Vatout, premier bibliothécaire du Roi. *Paris, Motte, s. d.*, in-fol., demi-rel. chag. rouge, plats toile, tr. dor.

45 belles lithographies (vues, portraits, sujets historiques).

194. VAUX (Baron de). Les Hommes d'épée, préface par Aurélien Scholl. *Paris, Rouveyre*, 1882, in-8, broché.

Exemplaire imprimé sur PAPIER DE HOLLANDE, avec les portraits tirés sur CHINE.

195. VIE ET LES MYSTÈRES DE LA BIENHEUREUSE VIERGE MARIE (La), Mère de Dieu. *Paris, Henri Charpentier (lithograph. de Kellerhoven)*, 1859, in-4, monté sur onglets, mar. brun, fil., gardes de moire brune, tr. dor.

Belle publication en chromolithographie composée de 32 grandes planches et de 32 feuillets avec encadrements, reproductions de manuscrits du XIe au XVIe siècle.

196. WHEATLEY (Henry B.). Les Reliures remarquables du Musée britannique au point de vue de l'art et de l'histoire. *Paris, Gruel et Engelmann*, 1889, in-4, broché.

62 planches de reliures.

197. ZOLA (Émile). Nouveaux contes à Ninon. 1 frontispice et 30 compositions dessinés et gravés à l'eau-forte par Ed. Rudaux. *Paris, Conquet*, 1886, 2 tomes en 1 vol. in-8, mar. bleu, encadrem. de 8 filets sur les plats, fleurons, dos orné. doublé de moire, tr. dor. (*Marius Michel*).

Exemplaire imprimé sur PAPIER DU JAPON.

CHARTRES. — IMPRIMERIE DURAND, RUE FULBERT.

www.ingramcontent.com/pod-product-compliance
Ingram Content Group UK Ltd.
Pitfield, Milton Keynes, MK11 3LW, UK
UKHW021038180726
13838UKWH00004B/1870

9 782329 450254